EL SEÑOR CONEJO
y el HERMOSO REGALO

por CHARLOTTE ZOLOTOW *Ilustrado por* MAURICE SENDAK

Traducido por María A. Fiol

Harper Arco Iris
An Imprint of HarperCollinsPublishers

La colección Harper Arco Iris ofrece una selección de los títulos más populares de nuestro catálogo. Cada título ha sido cuidadosamente traducido al español para retener no sólo el significado y estilo del texto original sino la belleza del lenguaje. Los primeros libros que aparecerán en esta nueva colección son:

¡Aquí viene el que se poncha!/Kessler
Un árbol es hermoso/Udry • Simont
Ciudades de hormigas/Dorros
El conejito andarín/Brown • Hurd
Harold y el lápiz color morado/Johnson
Josefina y la colcha de retazos/Coerr • Degen
Mis cinco sentidos/Aliki
Pan y mermelada para Francisca/Hoban • Hoban
Se venden gorras/Slobodkina

Esté al tanto de los nuevos libros Harper Arco Iris que publicaremos en el futuro.

Para Buena Dapolonia

—Señor Conejo —dijo la pequeña—, por favor, ayúdeme.

—¿Ayudarte? Bueno, si puedo te ayudaré —dijo el señor Conejo.

—Señor Conejo —dijo de nuevo la pequeña—, es acerca de mi mamá.

—¿Tu mamá? —preguntó el señor Conejo.

—Es su cumpleaños —dijo la niña.

—Le deseo un feliz cumpleaños —dijo el señor Conejo—. ¿Qué le vas a regalar?

—Es precisamente por eso que necesito su ayuda —dijo la niña—. No tengo nada que regalarle.

—¿Cómo qué no tienes nada que regalarle a tu mamá en su cumpleaños? —preguntó el señor Conejo—. ¡Ay niña, verdaderamente, necesitas ayuda!

—Quisiera regalarle algo que le guste —dijo la pequeña.

—Me parece una magnífica idea —dijo el señor Conejo.

—Sí, ¿pero qué? —dijo la pequeña.

—Veamos —dijo el señor Conejo.

—A ella le gusta el color rojo —dijo la niña.

—¿El rojo? —repitió el señor Conejo—.
Pero no puedes regalarle el rojo.

—Algo rojo, tal vez —dijo la niña.

—¡Ah, algo rojo! —dijo pensativo el señor Conejo.

—¿Qué es rojo? —preguntó la pequeña.

—Déjame pensar —dijo el señor Conejo—.
La ropa interior puede ser roja.

—No —dijo la pequeña—, no le voy a regalar eso.

—Hay techos rojos —dijo el señor Conejo.

—No, ya tenemos techo —dijo la pequeña—.
No quiero regalarle eso.

—Hay pájaros rojos —dijo el señor Conejo—.
Los cardenales son rojos.

—No —dijo la niña—, ella prefiere ver los pájaros en los árboles.

—Los coches de bomberos son rojos —dijo el señor Conejo.

—No —dijo la niña—, a ella no le gustan los coches de bomberos.

—Bueno —dijo el señor Conejo—. ¿Y las manzanas?

—Bien —dijo la pequeña—. Ese regalo sí me parece bueno.

A ella le gustan mucho las manzanas.

Pero quisiera regalarle algo más.

—¿Qué otra cosa le gusta a tu mamá? —preguntó el señor Conejo.

—Bueno, a ella le encanta el amarillo —dijo la niña.

—¿El amarillo? —repitió el señor Conejo—.
No puedes regalarle el amarillo.

—Algo amarillo, tal vez —dijo la pequeña.

—¡Ah, algo amarillo! —dijo el señor Conejo.

—¿Qué es amarillo? —preguntó la niña.

—Algunos taxis son amarillos —dijo el señor Conejo.

—Yo estoy segura de que ella no quiere un taxi —dijo la pequeña.

—El sol es amarillo —contestó el señor Conejo.

—Pero no puedo regalarle el sol —dijo la niña—, aunque si pudiera, lo haría.

—Un canario es amarillo —dijo el señor Conejo.

—Ella prefiere ver los pájaros en los árboles —insistió la pequeña.

—Es verdad, ya me lo habías dicho —dijo el señor Conejo—.
La mantequilla es amarilla. ¿Le gusta la mantequilla?

—En casa tenemos mantequilla —dijo la niña.

—Los plátanos son amarillos —dijo el señor Conejo.

—¡Ay, qué bueno! Eso está muy bien —dijo la pequeña—.
A ella le encantan los plátanos. Pero quisiera regalarle algo más.

—¿Qué otra cosa le gusta a tu mamá? —preguntó el señor Conejo.

—A ella le gusta el verde —dijo la pequeña.

—¿El verde? —dijo el señor Conejo—. No puedes regalarle el verde.

—Algo verde, tal vez —dijo la pequeña.

—Esmeraldas —dijo el conejo—. Las esmeraldas pueden ser un regalo precioso.

—Pero yo no tengo dinero para comprarle una esmeralda —dijo la niña.

—Los loros son verdes —dijo el señor Conejo—, pero ya sé, a ella sólo le gusta ver los pájaros en los árboles.

—No —dijo la pequeña—, ni hablar de loros.

—Guisantes y espinacas —dijo el señor Conejo—.
Los guisantes son verdes y las espinacas también.
—No —dijo la pequeña—. Siempre tenemos guisantes
y espinacas para la cena.
—¿Qué me dices de las orugas? —dijo el señor Conejo—.
Algunas son muy verdes.
—¡Huy, qué va! Ella detesta las orugas —dijo la niña.
—¿Y las peras? —dijo el señor Conejo—. Las peras son deliciosas.
—Eso mismo, eso mismo —dijo la pequeña—. Ya tengo manzanas,
plátanos y peras, pero aún quisiera algo más.

—Las estrellas son azules.

—No puedo alcanzar las estrellas —dijo la pequeña—, pero si
pudiera se las regalaría.

—Los zafiros son un regalo precioso —dijo el señor Conejo.

—Pero tampoco tengo dinero para regalarle zafiros —dijo la niña.

—Los pájaros azulejos son encantadores, pero ya sé, ya sé, ella sólo
quiere ver los pájaros en los árboles —dijo el señor Conejo.

—¿Qué otra cosa le agrada a ella? —preguntó de nuevo
el señor Conejo.

—A ella le gusta el azul —contestó la niña.

—¿El azul? No puedes regalarle el azul —dijo el señor Conejo.

—Algo azul, tal vez —dijo la niña.

—Los lagos son azules —dijo el señor Conejo.

—Pero usted sabe que no puedo regalarle un lago —dijo la
pequeña.

—Así es —dijo la pequeña.

—¿Qué te parecen los arándanos? —preguntó el señor Conejo.

—Sí, sí —dijo la pequeña—. Eso sí, porque a mamá le gustan mucho los arándanos. Ya tengo manzanas, peras, plátanos y arándanos.

—Eso es un magnífico regalo —dijo el señor Conejo—. Todo lo que necesitas ahora es una cesta.

—Tengo una cesta —dijo la pequeña.

Así que la niña cogió la cesta y la llenó con las peras verdes, los plátanos amarillos, las manzanas rojas y los arándanos azules. ¡Era un hermoso regalo!

—Muchas gracias por su ayuda, señor Conejo —dijo la niña.

—De nada —dijo el señor Conejo—. He tenido mucho gusto en ayudarte.

—Adiós —dijo la pequeña.

—Adiós —dijo el señor Conejo—. Felicita a tu mamá por su cumpleaños y que disfrute de tu hermoso regalo.

FIN